402

Les Éditions du Boréal
4447, rue Saint-Denis
Montréal (Québec) H2J 2L2
www.editionsboreal.qc.ca

HUBERT-LÉONARD

DU MÊME AUTEUR

Une odeur de mystère, Québec Amérique, coll. « Bilbo », 1994.

Camille, rue du Bois, Québec Amérique, coll. « Bilbo », 1993.

Les Fantaisies de l'oncle Henri, Annick Press, 1992.

Dans la série « Madame B. » illustrée par Mylène Pratt

Madame B. à la fête foraine, Les 400 coups, 2005.

Madame B. en avion, Les 400 coups, 2005.

Madame B. en croisière, Les 400 coups, 2005.

La Course automobile de Madame B., Les 400 coups, 2002.

Madame B. à la piscine, Les 400 coups, 2002.

Madame B. au cinéma, Les 400 coups, 2002.

Le Dimanche de Madame B., Les 400 coups, 2001.

Madame B. à l'école, Les 400 coups, 2001.

Madame B. au zoo, Les 400 coups, 2001.

Bénédicte Froissart

HUBERT-LÉONARD

Illustrations de Mylène Pratt

Boréal

Un merci tout particulier à Catherine Germain.

Les Éditions du Boréal remercient le Conseil des Arts du Canada ainsi que le ministère du Patrimoine canadien et la SODEC pour leur soutien financier.

Les Éditions du Boréal bénéficient également du Programme de crédit d'impôt pour l'édition de livres du gouvernement du Québec.

Diffusion au Canada : Dimedia
Diffusion et distribution en Europe : Les Éditions du Seuil

Catalogage avant publication de Bibliothèque et Archives Canada

Froissart, Bénédicte

    Hubert-Léonard

    (Boréal junior ; 86)
    Pour les jeunes de 8 ans et plus.

    ISBN 2-7646-0418-1

    I. Titre. II. Collection.

PS8561.R638H82   2005   jC843'.54   C2005-941732-3
PS9561.R638H82   2005

À Gilles

1

Alphonsine

Quel courant d'air ! Quel souffle ! Quel vent ! Il m'emporte sans rien me demander. J'ai beau me faufiler entre deux brises, il réussit toujours à me bousculer. Souvent, je profite d'une bonne chaussure qui passe pour me promener en toute tranquillité. Mais aujourd'hui la rue est déserte, aucun piéton n'assure de service de livraison. Me voilà donc condamné à marcher seul et à combattre ce tourbillon.

D'un seul coup d'un seul, sans prévenir, sans rien dire, ce vent hypocrite me précipite contre un mur. J'ai à peine le temps de mettre un pied devant l'autre qu'il recommence à me bousculer. Je lui résiste difficilement. Je reconnais que le vent, je n'aime pas vraiment.

Enfin, ma rue à l'horizon ! Elle m'attend, ma maison !

Que ce climat d'hiver est essoufflant, il faut toujours faire attention !

La porte d'entrée est grande ouverte, alors qu'elle devrait être fermée.

Réfléchissons : il était deux heures quand je suis sorti faire une course, ou plutôt, une *coursinette*. Rien de très important, mais comme tout le monde, il faut manger. Regardez mon panier : une pomme, une carotte, deux champignons, un peu de ciboulette et du chocolat.

La porte de la maison est vraiment ouverte ! Je rêve, je n'y crois pas. Entrons. Venez, suivez-moi, ne craignez rien. Je connais cette maison du sol au plafond. Elle sera ravie de nous accueillir.

Il y a du bruit.

Du bruit ?

C'est impossible, ils sont tous partis en vacances.

D'où vient ce craquement ? Je ne le connais pas vraiment. Ce n'est ni la porte de la salle à manger, ni l'escalier du grenier.

Posons le panier dans la cuisine et vérifions ce qui se trame ici.

Mais pourquoi deux grands pieds me passent-ils devant le nez ? Je sais, je sais, j'ai un tout petit nez, mais ce n'est pas une raison pour en profiter.

Réfléchissons…

Pourquoi y a-t-il du monde et du chambardement dans la maison aujourd'hui ? Que font ces chaises empilées les unes sur les autres? Et ces cartons qui traînent par-tout?

Faut-il comprendre quelque chose à ce remue-ménage?

Que pensez-vous, quand vous voyez une montagne de cartons?

Ça peut être drôle? C'est vrai, ça peut être amusant, on peut en faire une maison ou un camion. Mais moi, cela me fait penser à un déménagement, c'est-à-dire à un départ. Et un départ, c'est aussi désagréable que le vent. Ça vous chavire, ça vous déchire. Autant le dire tout de suite, je n'aime pas les départs, je n'aime pas ça du tout.

Devant moi repassent les grands pieds que je ne connais pas. Au-dessus, un pantalon gris, un chandail bleu, un long cou et une tête. Mais à qui appartient-elle, cette tête?

Ce pourrait être le… Non! … Je ne le connais pas. C'est peut-être… Non… Est-ce que…? Mais il est fou! Que fait-il?

Regardez bien : il emballe Alphonsine dans

une couverture. Il ne fait tout de même pas assez froid pour qu'elle attrape un rhume.

Et voilà, deux autres pieds qui viennent le rejoindre. Ils sont combien, comme ça? Ne vous gênez pas, messieurs! Qui vous a dit d'entrer chez moi et de tout bouger? D'emmitoufler Alphonsine et de l'étouffer? Comment osent-ils même s'en approcher?

Elle va suffoquer dans sa couverture. Voilà qu'en plus, ils la ficellent! Sur le mur du salon, elle était si bien installée.

Où veulent-ils l'emmener?

Une grand-mère d'arrière-grand-mère, c'est rare, c'est précieux.

Mais une grand-mère d'arrière-grand-mère peinte dans un tableau, c'est merveilleux. Alphonsine est unique. C'est la grand-mère de… Non, c'est la mère de la grand-mère de… Enfin, c'est toujours la plus âgée, la plus enjouée et la plus raffinée. Je l'aime. Pour moi, elle est sacrée.

Elle est arrivée sur le mur du salon sans rien

dire, un samedi du mois de septembre 1902. Depuis, malgré les passages et les absences, elle est toujours présente.

Bon, réfléchissons. Des cartons en balade, ça peut se comprendre. Peut-être que Philippe et Colette ont décidé de changer les meubles de la maison, ou de changer de maison. Mais Alphonsine dans une couverture, la tête en bas… C'est inquiétant.

Ils ne l'entendent pas gémir ? Elle a chaud, elle a mal au cœur. Il ne faut pas s'en étonner, ils l'ont laissée dans son cadre, en plein courant d'air, à l'envers du décor !

Heureusement, je suis rentré à temps. Je joue un air de piccolo, pour qu'elle devine ma présence.

Je suis ici, j'arrive ! Je suis tout près de vous, chère Alphonsine !

En un coup de canif, la ficelle est coupée. De cette grosse couverture, il faut la dégager. Puis la remettre à l'endroit. Ça y est, Alphonsine est libre, avec la tête au bon endroit.

Elle me remercie et m'explique ce qui se passe : Philippe et Colette, qui habitent ici depuis huit ans, ont voulu subitement déménager. Ils l'aiment tellement qu'ils ont décidé de l'emmener avec eux. Mais Alphonsine veut rester dans la maison, sur le mur du salon, face à la cheminée, pour regarder le feu danser et crépiter. Alphonsine adore habiter chez moi. Comment ont-ils pu penser la déraciner ?

Dès que les deux déménageurs passent devant nous, nous nous arrêtons de parler. Ils ne doivent rien soupçonner. Chuuuut, ne dites rien. Leur regard et leur silence marquent leur étonnement.

— Qui a pu faire ça ? demande le premier.

— Je n'y comprends rien, lui répond son complice déménageur. Écoute-moi, on continue à transporter les meubles et on termine par la vieille. Laissons-la dans le couloir. Elle commence à m'énerver, la grand-mère.

Non, non, non, ils n'ont pas le droit de parler d'Alphonsine avec des mots comme ça. Je la défendrai contre tous, et surtout contre ces deux-là.

Ils repartent en traînant les pieds, l'air un peu découragé. Ils chargent la machine à laver, le piano, la table de la salle à manger, le buffet, l'arrosoir, le tabouret, une cuillère et un coquetier.

Pour le moment, Alphonsine doit être à l'abri dans un endroit protégé. Personne ne doit la trouver.

Porter un cadre avec une grand-mère dedans, c'est un peu délicat. Ça y est, nous sommes arrivés. J'ouvre un placard et j'installe Alphonsine bien au fond : ni trop chaud, ni trop froid. Je ferme doucement la porte et retourne dans le couloir attendre mes deux costauds.

Imaginez, quand ils viendront chercher Alphonsine et qu'ils ne trouveront sur le sol que la ficelle et la couverture abandonnées. Je veux voir ça. Plus de grand-mère ni de cadre à transporter !

Silence, ils arrivent. Ils marchent dans le couloir, ils cherchent Alphonsine. Sous la ficelle, rien. Sous la couverture, rien. Rien de rien.

Ils comprennent qu'elle a vraiment disparu, et ils deviennent verts.

Vous savez, le vert fâché. C'est un vert un peu spécial, il ressemble au vert de rage.

— J'ai déjà vu des drôles de choses, dit l'un des compères. Mais je n'ai encore jamais vu disparaître une vieille dame dans son cadre.

Au moment où ils ont fermé la porte de la maison, je suis allé chercher Alphonsine. Je l'ai reposée à sa place, face à la cheminée. Nous avons passé une bonne soirée, tous les deux, au coin du feu à discuter.

Elle avait son sourire des bons moments.

la maison

Depuis deux jours, la maison est calme, trop calme.

Personne à protéger, à réchauffer, à bercer, à amuser. Les outils sont endormis, la musique est silencieuse, les odeurs de cuisine sont abandonnées dans le fond des chaudrons. Quelle tristesse, quel ennui !

Une chance, Alphonsine est là ! Elle trône

dans le salon. Elle est la gardienne des souvenirs. Mille histoires se sont déroulées ici, au cours des années, des saisons, des séjours, des beaux jours, des jours heureux. Je me souviens du nom de tous ceux qui ont habité 22, rue du Genévrier. Ici.

J'habite cette maison depuis sa construction, cela fait aujourd'hui plus de deux cent vingt-trois ans.

Celui qui l'a bâtie n'est autre que mon ami Marcellin. Quand on s'est connus, il avait trois ans, et depuis ce temps nous avons toujours habité ensemble. En fait, mes parents s'occupaient de la maison de ses parents. Quand il est parti de chez eux, je l'ai suivi jusqu'ici. Il avait beau avoir grandi, c'était presque le même, en plus grand. C'était un type fier, fort, robuste. Il riait plus souvent qu'il ne parlait. Marcellin a eu des enfants qui ont eu des enfants, qui eux-mêmes ont eu des enfants qui ont eu des enfants. Un jour, les derniers petits-petits-petits-petits-petits-enfants ont déménagé. J'ai eu le sentiment d'être abandonné. Complète-ment abandonné.

Je ne savais pas qu'on pouvait quitter une maison. C'est la raison pour laquelle je n'aime pas les déménagements. C'est aussi une des raisons pour lesquelles j'aime Alphonsine. Depuis qu'elle est arrivée, elle est toujours res-tée, elle n'a pas bougé.

L'histoire de cette maison est simple : Mar-cellin avait construit une cabane au milieu d'un champ. Elle était entourée d'arbres de toutes sortes et de genévriers. Plus la famille s'agrandissait, plus il construisait de pièces. La cabane est devenue une spacieuse maison accueillante, chaleureuse, ensoleillée, vivante et plutôt charmante.

Puis les jours et les années ont passé. Petit à petit, d'autres logements se sont construits dans le champ. Des bâtisses rouges, des grises, des petites, des longues, des simples, des hautes, tellement hautes qu'on ne voit plus le ciel. Elles ont toutes un certain caractère. Il y en a des boudeuses, des audacieuses, des orgueilleuses, des râleuses, des affreuses, des prétentieuses, des heureuses, des silencieuses. Mais, aujourd'hui, elles sont beaucoup trop nombreuses.

Le chemin de terre s'est transformé en route. Avant, du genévrier, il y en avait partout. L'adresse était toute indiquée ! Maintenant, il y a de moins en moins de fleurs et de plus en plus de routes et d'adresses.

Beaucoup de personnes ont habité cet endroit que j'aime tant.

Attendez deux secondes, j'ouvre l'album de photos que j'ai en tête.

Après la famille de Marcellin, il y a eu Mijo et Ferdinand, des chapeliers du temps passé. Puis il y a eu Rose.

Je ne peux pas raconter cet endroit sans parler d'Elle. La femme qui sentait le parfum le plus délicieux qui ait été créé sur la terre. Elle chantait, elle dessinait, elle cousait, elle brodait, elle lisait. De temps en temps, elle fumait. Tout ce qu'elle faisait me fascinait, et quand elle parlait, j'étais le plus comblé des Hubert-Léonard. Elle parlait dans une langue inconnue avec un accent merveilleux. Ne le répétez pas : j'étais follement amoureux d'elle.

Pour conserver son odeur dans mes murs, je fermais souvent les fenêtres. Je m'asseyais sur le bord du piano pour la regarder jouer : ses doigts valsaient sur les touches, elle était heureuse. Elle esquissait toujours trois pas de danse avant de se glisser dans son lit. Elle était gourmande des jours et des nuits qu'elle vivait.

La maison respirait d'aise entre ses mains, ce que je comprenais très bien. Pourquoi est-elle partie ? Je ne m'en souviens pas. Heureusement que je n'avais pas attendu d'être abandonné pour comprendre le bonheur que j'avais eu à ses côtés. Avec elle, j'avais profité de chaque moment. Son départ fut tellement douloureux que je l'ai effacé de ma mémoire.

Mais je garde précieusement des souvenirs

et un ruban qu'elle portait. Les souvenirs de cette époque sentent si bon.

Imaginez ma tristesse, mon désespoir d'avoir perdu ma Rose !

Après elle, il y a eu Quentin. Il a fallu que je l'accepte, monsieur Quentin. Qui pouvait habiter la maison après Elle ? Personne. Sauf lui. On ne pouvait s'empêcher d'aimer Quentin. Il était si différent. Il ressemblait à un vieux hibou fatigué.

La maison s'est métamorphosée en arche de Noé. Animaux tristes, malades, vieux, orphelins. La vieille chouette de la grange venait se faire soigner, les ratons laveurs défilaient et lui s'improvisait dentiste, vétérinaire, coiffeur, garde-malade. Ça sentait la pipe, le vin chaud et la muscade. La maison s'est habituée, et moi aussi.

3

La famille Pinsec

Par moments, personne n'habite ici. Nous attendons patiemment et arrive toujours un locataire. C'est chaque fois une surprise. Une nouvelle vie commence avec le rythme de chacun, les odeurs, les bruits, les voix.

Les journées passent les unes après les autres. Le lundi commence chaque semaine et jamais il ne s'absente. Le mardi suit invariablement le lundi. C'est toujours pareil.

Chut, des voix s'approchent, nous avons de la visite. Silence ! Je demande à Alphonsine en chuchotant de ne plus parler, ni de tousser, ni d'éternuer, ni de chanter. Nous regardons arriver les visiteurs, c'est un couple.

Vous savez, je surveille de près la vie de cette maison. Sinon, qui y veillerait ?

Chuuut. Ils entrent. Jusque-là, rien d'étonnant. Ils sont entrés par la porte. C'est bien par la porte qu'on entre chez quelqu'un, non ?

L'homme et la femme regardent partout : sous les radiateurs, par les fenêtres, dans les placards, ils tapent sur les murs. Ils ne sont pas très délicats pour une première visite.

Mais ? Oh ? Mais ? Vous n'imaginez pas le tourbillon. Ils avancent de plus en plus vite dans toutes les pièces, ils parlent de plus en plus rapidement et de plus en plus fort.

Un véritable ouragan.

Et le résultat de la tornade ?

De la salle à manger au grenier, de l'entrée aux chambres à coucher en passant par l'escalier, ils veulent tout changer. Ils veulent tout casser et ré…no…ver.

Écoutez-les : « … la cheminée est inutile, la cuisine est trop vieille, le balcon est superflu, les penderies ne sont pas au bon endroit, les fenêtres sont trop petites, le plancher est à changer… »

Non mais, ils sont fous ou quoi ? Ça ne se passera pas comme ça, parole d'Hubert-Léonard !

Ils n'ont même pas pris le temps de faire connaissance avec la maison. Découvrir la lumière, la chaleur, les bruits, les odeurs.

Si mon « château » ne leur convient pas… Oui, j'exagère… Si mon… enfin… si la maison ne leur plaît pas : qu'ils aillent ailleurs. Il y a bien un petit quelque chose qui leur convient s'ils la visitent, non ?

Imaginez : quelqu'un, que vous ne connaissez pas, entre dans votre chambre (celle que vous aimez de tout votre cœur) et il décide de la transformer sans rien demander. Vous aimeriez ça, vous?

Malgré toutes leurs critiques, trois jours plus tard, ils s'installent. Arrivent par camion des meubles, des rideaux, des tapis, des lampes, des enfants, des casseroles, des babioles.

Dès la première soirée, chacun est dans sa chambre. Parents et enfants. L'atmosphère est plutôt sans couleur, sans bruit, sans rire, sans saveur. Les parents se plaignent que les murs sont trop comme ci, les plafonds trop comme ça.

Ai-je besoin de dire que je ne les aime pas du tout. Alphonsine lève les yeux au ciel, elle n'apprécie pas quand je suis impatient et injuste. Elle me demande trois choses: de me calmer, de me calmer et de me calmer.

Vous l'avez compris, je ne suis pas sûr de vouloir vivre avec eux. Eux, ils vont devoir subir quelques épreuves avant d'être acceptés.

S'ils veulent vraiment habiter ici, ils se mettront au diapason. Inutile de parler de ça avec Alphonsine, elle risque de ne pas être d'accord. C'est un secret entre nous.

Dès que tout le monde dort, je cours de long en large sur le plafond de la chambre des parents. Avec mes sabots de bois, je saute de plus en plus fort.

— Quel est ce bruit infernal? demande monsieur Pinsec (c'est son nom, c'est comme ça).

Il entend bien et il est un peu nerveux. Il réagit vite. Je suis content parce qu'il trouve tout de suite ce bruit I.N.F.E.R.N.A.L.

Il regarde au plafond. Il se lève, enfile son pantalon et son chandail. Il fait le tour des étages et se recouche. Au moment où il se rendort, je recommence. Monsieur Pinsec se relève et se rhabille. Il fait de nouveau le tour de la maison en grognant. Il examine tous les plafonds, tape sur les murs. Un vent de colère souffle dans toutes les pièces.

Il ouvre une fenêtre du salon, je la referme aussitôt. Il se coince un doigt. Il crie, il n'est vraiment pas content. Je le comprends, ça fait mal. Il se dirige vers la salle de bains pour passer son doigt sous l'eau. Je ferme l'eau. Vous pensez peut-être que je suis méchant. Je ne sais quoi répondre. Bon, d'accord, je laisse l'eau couler pour qu'il soulage sa blessure.

Il est vraiment douillet !

— Quelle bicoque de malheur, rugit-il.

Vous avez entendu ? Bien entendu. Il dit du mal de chez moi. Le jour comme la nuit.

Un des enfants se réveille, descend l'escalier. Il croise son père dans le couloir.

— C'est toi qui fais tout ce bruit, lui crie-t-il.

— Non…

— Alors va te coucher, ronchonne-t-il.

Il est vraiment très énervé.

— Mais qu'est-ce qu'on fait ici, grogne Pinsec père. C'est un véritable cauchemar.

Il l'a dit plus vite que je ne l'imaginais. Il a

totalement échoué aux épreuves : aucune patience, aucune imagination, aucun humour. Oui, il est déjà découragé. Mais il lui en faut peu pour se décourager, simplement un peu de bruit. Avouez qu'il n'est pas drôle. De toute façon, on n'habite pas un endroit qu'on ne respecte pas !

En retournant se coucher, il dit à sa femme :

— Gertrude, c'est la première nuit ici, mais c'est aussi la dernière. Ce fameux « 22, rue des Genévriers » ne vaut rien. On déménage.

Dans son sommeil, elle ne l'entend pas, elle ne répond pas.

Mais lui, il mérite une grosse colère de parler ainsi de chez moi. Il va partir et vite, avec quelques souvenirs que je lui prépare.

Pour son réveil, un croche-pied à la sortie du lit. C'est simple. C'est direct. Ça se comprend bien. Je ne suis pas parfait et je ne vous l'avais pas dit. Mais c'est comme ça ! Après, je lui réserve encore quelques surprises. Je m'amuse avec les lumières. C'est très agaçant, ça oui. Chaque fois qu'il touche à un interrupteur pour allumer une pièce, c'est la lumière d'une autre pièce qui s'allume ou s'éteint. Oui, c'est énervant, et pour une fois il a raison de s'emporter.

Juste avant son départ, la serrure du salon se bloque. Quel drôle de hasard… Il est dans le salon… C'est bête, tout de même, quand on est pressé de quitter une maison… Il rage, il peste. Tout à coup, je croise le regard d'Alphonsine, elle n'est pas contente de mes diableries.

Bon d'accord, il faut le laisser partir. J'ouvre tout. Les portes claquent, les fenêtres battent, les armoires bâillent. Tout est ouvert. En sortant, il s'accroche à une fenêtre et fonce dans une porte, à ma grande joie. Il part en courant en emmenant femme et enfants, qui ne comprennent rien.

C'est de nouveau le silence.

Nous sommes seuls. Mais cette fois, je ne m'en plains pas.

4

Cyprien

Quelques semaines après le départ des Pinsec, voilà ce qui est arrivé.

Une nuit d'hiver, la fenêtre de la cuisine a volé en mille éclats.

Tiens, v'là un carreau de cassé,
v'là l'Cyprien qui passe…

Tiens, v'là un carreau de cassé,
v'là Cyprien passé.

Mais il est fou, celui-là ! Et il chante comme un enfant. Il va voir de quel bois je me chauffe !

Imaginez, vous êtes tranquille à écouter une histoire qu'Alphonsine raconte avec tout son cœur, quand une silhouette casse et enjambe la fenêtre de la cuisine. Et pas n'importe quelle silhouette. Elle est immense, avec une ombre gigantesque et un briquet à la main.

Je bondis dans la cuisine.

Ce n'est ni un cauchemar, ni une apparition, c'est un homme, et il continue à chanter. Il allume son briquet et regarde où il est. Je souffle sur sa flamme.

Oui, il est dans le noir, mais regardez ce qu'il a fait : au lieu de sonner à la porte, il a cassé la fenêtre. Chez moi, on entre par la porte, Monsieur !

Il rallume sa flamme. Je souffle dessus.

— Mais que se passe-t-il ? Il y a du vent ou quoi ? Il est déjà vide ce briquet, je viens de le ramasser dans la rue, dit-il en tentant de le rallumer.

À pas de loup, il traverse la cuisine, passe dans le salon et, à la lueur de la lune, il regarde les plafonds, les murs et murmure :

— Elle est bien belle, cette maison. Ça fait longtemps que je n'ai pas vu des plafonds aussi hauts et aussi beaux. Elle a l'air robuste, celle-là. Elle me plaît… oui, elle me plaît. On s'y sent en sécurité.

Vous avez entendu ? Aussi bien entendu que moi ? Il n'en faut pas plus pour que je cesse de souffler sur la flamme. Alors, dès qu'il rallume son briquet, j'agrandis sa flamme pour qu'il puisse continuer à apprécier les volumes de cette maison.

— Une nuit sans neige, bien au chaud à l'intérieur, ça va faire du bien. Surtout que ce soir, avec la pleine lune, je crains le pire des froids, dit-il en examinant le salon. Cette pièce est magnifique, son calme va me permettre de dormir comme un loir.

Enfin, des compliments. Immédiatement, c'est décidé, je ferai tout pour qu'il passe une bonne nuit, bien au chaud.

Vous auriez agi comme moi, non ?

Cyprien s'assoit sur l'unique divan du salon, près de la cheminée. Il sort de son sac une vieille couverture. Son lit est prêt.

— Maintenant, il s'agit de faire du feu, dit-il.

Il se lève pour chercher dans la maison du bois pour allumer un bon feu. Il revient avec de vieux journaux, une chaise trouvée dans la cave et la commode de la chambre de Rose.

Il approche ses trouvailles de la cheminée. Il prend le papier et le dispose dans l'âtre. Visiblement, il sait allumer un feu. Ensuite, il prend la chaise. Je comprends tout de suite ce qu'il veut en faire : du petit bois. Cet objet a été mille fois utilisé par ma Rose. Personne ne s'assoit dessus depuis longtemps. Il n'est pas question de la brûler : Rose l'avait mise dans sa chambre pour y déposer son chapeau. Quand il se retourne vers la cheminée, je prends la chaise. Je l'emporte et la cache dans la salle de bains, dans une armoire. Quand je reviens, il observe la commode avec gourmandise. Je ne dis rien, mais il est interdit d'y toucher. Aimer la maison est une chose et une bonne chose. Mais cela ne permet pas d'y faire n'importe quoi !

Vous êtes d'accord ?

Les journaux, je veux bien, mon bonhomme, mais rien d'autre ! Je saute sur la commode et m'y appuie de toute ma colère. Il ne pourra plus la bouger…

Cyprien tend le bras pour la tirer vers lui. Elle ne bouge pas. Le poids de la commode le surprend.

— Cyprien, tu es faible ou quoi ? Allez, Cyprien ! dit-il.

Il relève ses manches, tire, souffle, pousse.

Rien à faire. La commode est aussi lourde que ma fureur. Ni les pieds, ni les tiroirs de la commode ne se laissent faire. Chaque fois qu'il s'en approche, qu'il tire une partie ou l'autre, elle lui résiste. Finalement, Cyprien est obligé d'abandonner l'idée de faire du feu avec ce meuble. Il faut savoir que ce meuble était à Rose. Elle mettait dans le tiroir du haut ses foulards de toutes les couleurs empreints de son parfum ; dans le deuxième tiroir, ses douces écharpes, et dans le dernier, ses gants d'hiver, d'été, de conduite, de jardinage, d'époussetage, du fond des âges.

— C'est dommage, elle aurait bien brûlé, marmonne-t-il. Je me fais vieux, mes forces m'abandonnent, dit-il en redisposant les journaux. J'essaierai plus tard.

Il n'essaiera rien du tout, son feu durera toute la nuit, je le promets.

Cyprien craque une allumette et un feu pétillant crépite instantanément. Après s'être réchauffé debout devant la cheminée, il s'allonge sur le divan, s'enveloppe dans sa couverture et s'endort.

Parole d'Hubert-Léonard, il a dormi comme un chef, ronflé comme un ours, rêvé comme un homme.

Le matin, quand il se réveille, il a l'air tellement heureux que je me demande s'il ne va pas revenir la nuit prochaine.

— Tu es le bienvenu, Cyprien, la prochaine fois, c'est moi qui te préparerai un bon feu.

C'est ainsi que tout l'hiver Cyprien a dormi à la maison. Il revenait de ses longues journées d'errance, le pas lourd d'avoir tant marché, mais toujours chargé de mille trouvailles qu'il nous faisait partager. Il a fait la connaissance d'Alphonsine. Imaginez nos douces soirées, tous les trois, autour du feu. C'est à celui qui racontait l'histoire la plus vraie, la plus triste, la plus douce, la plus effrayante, la plus ceci cela.

5

le chat

Alphonsine et moi, nous passons de longs moments près du feu. Elle me raconte des histoires, je lui joue du piccolo. Les journées passent en douceur. Cyprien vient régulièrement dormir. Une chance que je les ai, ces deux-là !

Ah oui, il y a aussi Lechat. Vous ne le connaissez pas ?

Attendez deux minutes.

Pour raconter son histoire, je vais bien m'installer. Aujourd'hui, il fait très beau. Alors, ce qui est agréable, c'est de se mettre sur le bord de la fenêtre de la cuisine pour se réchauffer aux rayons du soleil. Je saute sur le rebord et je me trouve nez à nez avec Lechat. Il dort ? Non, il fait semblant… Je le connais !

— Justement, je parlais de toi.

Avec lui, il faut savoir prendre sa place. Cette fenêtre est aussi son endroit préféré quand il y a un rayon de lumière, quand il y a du brouillard, de la pluie, le jour, la nuit. Il peut ainsi surveiller le jardin, et la rue, les voisins et les grues, c'est une vraie commère. Il connaît tous les voisins par leur prénom, leurs amis, leur famille, leurs animaux, leurs manteaux, leurs voitures, leurs habitudes. On évite de lui poser des questions parce que dès qu'il commence une histoire, on ne peut plus l'arrêter. Il a toujours quelque chose à dire, Lechat.

Sa dernière histoire est celle du chien Prosper. Il est tellement vieux qu'il a oublié qu'il était un chien, et le pauvre, il se prend pour un oiseau !

— Pas facile, la vie d'oiseau pour un vieux chien ! nous dit-il, l'air grave.

Seul Lechat croit ses histoires. De plus, Alphonsine et moi savons qu'il déteste les chiens, qu'il est prêt à tout pour les ridiculiser. D'ailleurs, dans le quartier, quand les chiens voient sortir Lechat, ils s'enfuient. Ils craignent un coup de griffe, une embuscade ou un coup tordu dont il a le secret.

Il faut avouer qu'ils ont raison. Lechat est capable de tout avec eux. Il leur fait avaler n'importe quoi en leur faisant croire que c'est un os.

— Mais, Lechat, pousse-toi un peu, tu ne t'aperçois pas que tu m'écrases ?

Depuis le temps qu'on vit ensemble, il devrait savoir qu'il n'est pas obligé de m'écraser au premier rayon de soleil. Lechat ne sait pas partager.

— Allez ouste, pousse-toi maintenant, laisse-moi la place.

Il n'entend pas. Lechat entend seulement ce qu'il veut entendre et quand il le veut, bien sûr.

Il y a une solution, une seule, pour qu'il parte. Lechat n'aime pas quand je lui tire les poils des oreilles. C'est souvent l'unique moyen pour qu'il bouge. Alors, poil après poil, je m'applique à les tirer. D'un coup sec. Au début, il ne réagit pas.

Mais, au bout de quelques poils, le chat ouvre un œil à moitié et le referme. Il s'étire et saute sur le plancher, comme si lui seul avait décidé de partir.

Qu'il est orgueilleux, ce chat !

Quand Lechat est arrivé chez moi, il était tout petit, minuscule même. On aurait dit une souris. Quand je le lui dis, il est furieux. J'ai dû le nourrir, le bercer, lui raconter des histoires de chats et de souris. L'histoire qu'il préférait, et je la lui raconte encore de temps en temps, est celle de Barbe-Chat.

Lechat a grandi, il est maintenant la terreur du quartier. Quand il a faim, il va chasser et on ne sait jamais ce qu'il peut rapporter : du fromage, des croissants, des artichauts, des harengs. Il est ici chez lui, il peut dormir à sa guise et rêver comme bon lui semble.

Je veille toujours sur lui et il le sait. Une nuit, quand il était petit, un chien du voisinage est entré dans la cuisine sans y être invité. Lechat dormait. Quand le molosse l'a aperçu, il a voulu s'occuper de lui, simplement jouer ou le croquer pour s'amuser.

Dès que je l'ai aperçu, je me suis accroché à sa queue du plus lourd de ma colère. Il n'avançait plus. Il ne comprenait pas ce qui lui arrivait. Lui, monsieur le chien le plus fort du quartier, ne réussissait plus à courir. Il s'est assis pour reprendre sa respiration et se remettre de cette vexation. J'ai choisi ce moment-là pour lui jouer un air de piccolo strident dans les oreilles.

Il a décollé à toute vitesse par la fenêtre

ouverte et s'est retrouvé dans la rue sans même s'en apercevoir. On ne l'a jamais revu.

Voyez-vous, je n'aime pas qu'on embête ceux que j'aime. Ni Alphonsine, ni Cyprien, ni Lechat, ni vous.

6

Les bébés

Alphonsine me demande de raconter un épisode qui a duré quelques années. La période des bébés.

Le matin du 17 avril 1958, une voiture se gare devant l'entrée de la maison. Une famille avec beaucoup de bébés entre chez moi. Il y a un papa et une maman perdus entre les couches, les biberons, les souliers, les jouets, les doudous et les bébés, bien entendu.

Une, deux, trois têtes roses… Non… une, deux, trois, quatre, cinq, six, sept petites têtes roses… Cinq cheveux dressés sur chaque tête, un joli sourire par frimousse, parfois de grosses larmes, des gazouillements, bref, ils sont tous pareils. La première journée, c'était très difficile de les compter. Parfois il y en avait dix, d'autres fois trois, mais jamais plus que quinze, j'en étais sûr. J'hésitais devant leur nombre : 3+7+5+10. C'était beaucoup.

Dès qu'ils ont été au repos, j'ai pu les compter et dire exactement à Alphonsine combien ils étaient. Ils sont trois, mais ils bougent comme quinze, crient comme dix, dorment comme vingt, respirent comme nous tous.

Avec leurs parents, ils se sont installés dans la maison.

Dans la chambre des enfants, il y a des odeurs de lait, des odeurs de bébés. Des bruits de nuit, des gazouillis. Quand le premier de la bande commence à s'agiter dans son lit, les deux autres le suivent de près, très vite. Quand l'un d'entre eux pleure, ses frères en chœur lui répondent. C'est abracadabrant.

Quand ils sont silencieux, je m'inquiète. Dorment-ils ? Ont-ils assez chaud ? Pas trop ? La fenêtre a-t-elle eu la fantaisie de s'ouvrir et de laisser passer un vent vagabond ? Ont-ils leur chien, leur ours ou leur éléphant ?

Quand tous les bébés dorment, je saute d'un berceau à l'autre pour vérifier qu'ils font de bons rêves. C'est vrai, c'est épuisant, mais il ne faut pas laisser les petits sans surveillance. Ils pourraient oublier de respirer ou d'ouvrir les yeux le matin.

Je connais leur prénom : Marius, Victor et Hector.

Et leurs parents ? Ils s'agitent, ils vont vite de la cuisine à la salle de bains, de leur chambre au jardin. Parfois ils s'énervent, d'autres fois ils chantent. Ce qui est absolument certain, c'est qu'ils courent dans tous les sens : à l'endroit, à l'envers. Ils courent.

Les bébés dorment beaucoup plus que leurs parents. Dès qu'ils s'endorment, les parents soufflent ; dès qu'ils se réveillent, ils soufflent encore. Il me semble pourtant qu'il n'est pas si difficile d'être parents de bébés. Il suffit de les aimer et de s'en occuper. Ça se minouche, ça se bisouille, ça se câline, ça se nourrit et hop un bain, une couche, un dodo et les petits sont heureux. C'est sûrement le nombre qui fait la différence. Et c'est la raison pour laquelle je les aide un peu.

Je n'y peux rien, c'est mon sens des responsabilités qui prend le dessus. Je n'ai plus le temps de discuter avec Alphonsine, je suis beaucoup trop occupé.

Et puis, Gilbert et Gilberte, leurs parents, sont maladroits. Souvent, je suis obligé de rattraper un bébé au vol, un biberon qui tombe, la purée qui dégouline, éloigner Lechat. Je l'avoue, j'adore m'occuper des bébés. En fait, je suis ravi que leurs parents ne soient pas trop adroits.

Je vais vous confier ce que j'aime le plus avec eux : leur grand-mère. Quand elle vient les garder, c'est la fête. Je peux me reposer et profiter des petits. Ils dorment tranquillement, ils mangent sans crier, ils sont ensemble dans le bain et de nouveau ils dorment en ronronnant. Je n'ai plus rien à faire. Bon, d'accord, il ne faudrait pas qu'elle reste trop longtemps, sinon je ne pourrais plus m'amuser avec eux. La grand-mère s'amuse avec ses petits-enfants, elle les fait voler dans la balançoire, elle invente des histoires et des recettes de cuisine.

Les parents rentrent toujours retrouver leurs petits avec le sourire. En un instant, ils se remettent à courir sous l'œil réjoui des trois petits.

Puis les bébés ont grandi, ils sont devenus des garçons, des jeunes hommes. La maison s'est assagie et un jour, ils sont partis.

7

La Souris des dents

Vous raconter le passage de Victor, Hector et Marius me rappelle qu'il y a une personne dont je n'ai pas encore parlé. Elle habite la maison depuis le jour où elle a senti l'odeur des enfants. Non, ce n'est pas une ogresse, mais une petite souris.

Ici, dans ma maison, quand un enfant perd une dent, ce n'est pas la fée des dents qui passe, mais elle, la fameuse souris. Travaille-t-elle dans le quartier? Je ne peux pas répondre à cette question. J'aurais voulu le savoir, depuis tant d'années, mais elle est introuvable comme la fée des dents! Par contre, le jour où la dent d'un enfant tombe, la souris vient dans la nuit lui apporter un petit quelque chose de particulier.

Ce n'est pas gros, une souris, et je me demande bien comment elle réussit à porter des sous, ou des gâteries. Peut-être est-elle accompagnée par des amis?

Pourtant, ce que je n'ignore pas, c'est qu'elle est toujours occupée à fabriquer ce qu'elle apportera sous l'oreiller. Elle vit, j'en suis sûr, dans une grotte à trésors. Elle pourrait avoir établi sa grotte à différents endroits de la maison. D'ailleurs je l'ai cherchée, mais après de nombreuses tentatives, je n'ai jamais réussi à l'apercevoir. Dans le grenier, il y a tellement de trous! Mais dans la cave, ou dans les murs de la maison, il y a aussi beaucoup de cachettes imaginables.

J'ai une longue expérience de cette petite souris, toutefois, comme je l'ai déjà dit, je ne l'ai jamais vue. Est-elle rose, blanche ou verte ? Parfois je rêve d'elle, je l'imagine habillée avec des dentelles et des froufrous.

Jamais un enfant ne retrouve sa dent sous son oreiller, le matin. À peine la dent tombée, on dirait qu'une cloche s'agite chez la souris. La souris est attentive à chaque dent et à chaque enfant.

Lorsque Marius (un des trois bébés qui ont grandi ici) a eu l'âge de perdre ses dents, un soir il a eu tellement envie d'avoir un cadeau qu'il a mis une fausse dent sous son oreiller ! La souris a beaucoup ri. On pouvait l'entendre rire dans toute la maison. Cette nuit-là, j'ai failli l'apercevoir. Mais quand je suis arrivé dans la chambre… Trop tard, elle était déjà partie ! Qu'avait-elle mis ? Un mot de souris.

Chaque fois que la souris dépose un petit quelque chose sous l'oreiller, c'est plus fort que tout, je ne peux m'empêcher d'aller vérifier : est-ce que l'enfant va aimer son cadeau ?

Vous avez raison, c'est une excuse. À vous, je peux le confier, je suis très, très curieux. Comment ne pas regarder ce qu'apporte la souris ? Elle a tellement d'idées ! Un ballon, des bonbons, un ourson…

J'ai déjà essayé de m'arracher une dent pour avoir un cadeau, mais mes dents ne veulent pas bouger. J'ai les mêmes depuis ma naissance. Dommage ! Pour me consoler, j'observe les enfants lorsqu'ils se réveillent et qu'ils découvrent leur cadeau. Certains attendent d'être bien réveillés pour soulever l'oreiller. D'autres, encore endormis, glissent leur main sous l'oreiller pour prendre la petite surprise.

Un soir, Hector (un des trois bébés qui ont grandi ici) avait réussi à arracher héroïquement une de ses incisives. Il avait attaché le bout d'une ficelle à sa dent et accroché l'autre bout à la poignée d'une porte. Ensuite, il avait demandé à Victor (un autre des trois bébés qui ont grandi ici… Je crois que je vous l'ai déjà dit…) de claquer la porte. Quand la porte s'est fermée, la dent pendait au bout du fil. Il l'a prise et l'a posée sous son oreiller. Au milieu de la nuit, je suis allé voir ce qu'il avait reçu. Rien, sa dent attendait tristement sous l'oreiller.

Que faisait la souris ?

J'ai appelé la souris. Allait-elle se fâcher d'être ainsi rappelée à l'ordre ? J'ai insisté :

— Souris, Souris !

Rien, pas de réponse. J'ai recommencé :

— Petite souris, petiiiite souriiiis !

Pas de réponse, seulement un toussotement.

Vous avez compris comme moi : la souris était malade.

Il fallait remplacer la souris, parole d'Hubert-Léonard !

Hector ? Mais c'est lequel ? Ils se ressemblaient tellement. Il fallait faire attention, ils n'aimaient pas tous la même chose. Il y en avait un qui aimait la mécanique ; un autre était le roi des expériences, avec fumée garantie, et enfin, le dernier cachait tout ce qu'il trouvait.

Quel cadeau réserver à cette dent, ou plutôt : quel cadeau réserver à Hector pour sa dent ? Quelle responsabilité, pour une souris !

Ça y est, j'avais une idée : une boîte de clous. Si Hector est bricoleur, il réparera sa cabane dehors ; s'il veut tenter des expériences, il fera fondre les clous, et s'il veut les cacher, il pourra toujours les éparpiller où il veut ! Délicatement, j'ai pris la dent, mais qu'en faire ? Alors j'ai replacé l'incisive et je suis sorti de la chambre.

À ce moment précis, j'ai entendu toussoter près de moi. La souris !

J'écoutais.

Plus un bruit.

J'ai entendu de nouveau un toussotement plutôt sec. La souris n'était vraiment pas loin ! Où était-elle ? À ma droite ? À ma gauche ? Puis encore un toussotement.

Je n'ai pas bougé, j'observais. À droite, à gauche. Je suis retourné dans la chambre. Rien. J'ai grimpé sur le lit : pas de souris. J'ai soulevé l'oreiller. Eh bien, croyez-le ou non, il y avait un petit sou doré et une grosse boule à mâcher.

Elle avait raison, la souris, ils étaient tous les trois très gourmands.

Malade ou pas, il faut faire confiance à la souris : elle fait toujours son travail de souris. J'ai compris ce jour-là que je sais mieux veiller sur ma maison que sur les dents.

Lechat vient me rejoindre, il a compris que je vous parlais de la souris. Il me regarde avec son air noir de chat. Il rêve de cette souris depuis qu'il est petit, et il n'a jamais réussi à l'attraper. Il commence presque à avoir du respect pour elle… Serait-il prêt à la laisser passer devant lui, sans la toucher ?… Il ne faut pas exagérer… Un chat reste un chat.

8

Thibault

Une autre photo de mon album vient de tomber de ma mémoire : Thibault. Il est difficile de résister au plaisir de partager ce souvenir avec vous.

Connaissez-vous Thibault ?

Vous ne l'avez jamais rencontré ?

Un jour de printemps, il arrive avec toute sa famille. Il est le plus âgé des enfants. Mais il est aussi le plus petit. Thibault n'ose pas grandir, alors il reste le petit de la famille. Le petit grand de la famille.

Chez lui, ils aiment tous énormément Thibault. Personne n'est jaloux de lui. Pourtant, on s'occupe toujours plus de lui que des autres. Il y a toujours quelqu'un pour jouer avec lui, pour lui lire des histoires, pour lui chanter des chansons ou le promener. Et lui, il ne dit rien. Rien du tout. Il est content. Il est toujours content, enfin… Presque toujours.

Thibault ne parle pas ou à peine. Il dit seulement les mots les plus importants pour lui : pa, mam, ça, pom, non, si. « Si » signifie surtout : merci, ici, oui. Il est tellement malin que l'on comprend tout avec ses quelques mots bien à lui, ses yeux et ses mains.

Il regarde tout avec des yeux tout doux : personne ne résiste à son charme. Si vous l'apercevez, vous comprendrez.

Le premier jour où il a mis les pieds dans la maison, j'ai remarqué que chaque fois qu'il était seul, il semblait très craintif. Il faut dire que pour lui le changement est grand, et les petits-grands, il faut y faire attention. Tranquillement, pendant la journée je m'approche de lui. Finalement, je monte sur son fauteuil et je commence à lui parler, doucement, pour qu'il n'ait pas peur de ma voix. Il sourit et dit :

— Si, si.

Rapidement, nous devenons amis. Je lui présente Alphonsine, Lechat et Cyprien, qui vient de temps en temps. Il est adopté par tout le monde.

Une douce routine s'installe. Tous les matins, après sa toilette, Thibault s'assoit dans le salon, près d'Alphonsine. Elle lui raconte des histoires. Des vraies, des pas vraies, des vraiment pas vraies et des vraiment vraies. Il écoute, il rit, il est heureux.

Ensuite, sous la surveillance d'Alphonsine, il dort pendant une heure. Quand il se réveille, sa maman l'emmène dans la cuisine et le fait manger.

Plus tard, vers quatre heures de l'après-midi, il se poste près de la fenêtre du salon. Il attend tous les enfants de la famille qui reviennent de l'école. À leur retour, l'un après l'autre ils viennent le saluer. Il reçoit de chacun un petit baiser, un éclat de rire, du chocolat, un petit rien. Il aime tellement ce moment-là ! Je le sens heureux, cela se lit dans ses yeux.

Vous savez, il y a une chose difficile pour lui, c'est la peur. La vilaine peur. La peur, c'est pénible et pour lui, épuisant. Il ne sait jamais quand elle va se jeter sur lui. Elle le prend toujours par surprise. Il se met à trembler et des larmes coulent de son œil droit. Il ne dit rien. Il ne sait pas quoi dire. Elle est cruelle de s'attaquer ainsi à lui. Il ne peut pas se défendre.

La première fois que je le vois immobile, les larmes coulant sur sa joue, les yeux fixes, je me glisse dans sa main pour qu'il sente qu'il n'est pas tout seul. Ses doigts se mettent à me serrer. Plus il serre, plus sa peur s'éloigne. Enfin, il recommence à respirer normalement.

Après l'avoir observé, je comprends que cette peur peut aussi lui rendre visite quand il est heureux. Par exemple, quand il embrasse sa maman ou sa sœur Annie. Tout à coup, sa respiration devient saccadée. Il serre les doigts et des larmes glissent sur son visage effrayé. Ses yeux si doux d'habitude deviennent noirs et ne savent plus où regarder. Il est perdu dans sa peur.

Depuis que j'ai découvert son secret, je reste avec lui le plus souvent possible. Jour et nuit. Bien sûr, ça peut lui arriver dans son sommeil ! Même la nuit, la peur sévit !

Vous savez comme moi qu'il y a des jours meilleurs que d'autres. Des jours heureux, des jours qui ressemblent au bonheur. Souvenez-vous du jour où vous avez rencontré votre meilleur ami. C'est ce que j'appelle un bon jour.

Mon frère Émile-Arthur vient très rarement à la maison. Depuis soixante-dix-huit ans, il n'est pas venu. Un matin de printemps il apparaît avec son air de rien. Nous sommes vraiment heureux de nous revoir. Je lui présente tous mes amis. Nous parlons vite, nous avons tellement d'histoires à nous raconter. Le soleil descend, la lumière diminue et il se tait.

— Je suis fatigué, Hubert-Léonard. Penses-tu que je puisse rester ici ce soir ? me demande-t-il.

— Quel plaisir, mon vieux. Installe-toi. Pendant que je vais chercher quelques couvertures et des oreillers, va tenir compagnie à Thibault. Il ne faut pas le laisser seul trop longtemps.

— Bien sûr ! me répond-il

Émile-Arthur a compris Thibault en deux secondes. Un regard, et ils se sont reconnus. Il s'est glissé délicatement dans la main de Thibault et ils ne se sont plus quittés. Ils sont devenus les meilleurs amis du monde. La peur, elle, n'a plus jamais osé revenir taquiner Thibault.

C'est ainsi qu'Émile-Arthur et moi sommes restés dans la même maison pendant quelques années avant qu'ils partent tous ailleurs.

9

Xavier

Avant de nous quitter, j'ai encore un peu de temps pour raconter un moment passé avec Xavier, sept ans, cheveux en bataille, de mauvaise humeur, brouillon et chiffonné. Alphonsine me parle souvent de lui.

Un mercredi, en début de soirée, j'entends une voiture s'arrêter devant la maison. Immédiatement après, une portière claque et un enfant crie. C'est lui. Attention ! Xavier arrive ici avec toute sa famille, c'est-à-dire son père et sa mère. Aucun frère, pas de sœur. Pas de chien, pas de tourterelle, pas de tortue. Juste lui et ses parents.

Le petit bonhomme traverse la maison en courant et à peine est-il entré dans la chambre bleue qu'il décide que ce sera sa chambre. Il hurle à ses parents :

— Papa, maman, j'ai trouvé ma chambre.

Puis il ajoute en criant :

— Je veux mes jouets !

Je vois trois boîtes de carton les unes sur les autres qui montent l'escalier. J'observe bien : derrière les boîtes, il y a son père.

Pas de merci, pas de sourire, pas de... Rien.

Il n'est pas drôle, celui-là, il me ferait presque penser à monsieur Pinsec.

D'en bas, j'entends une petite voix :

— Mon lapin, tout va bien ? Tu as bien tous tes jouets ?

C'est sa mère, drôlement gentille, mais le

lapin ne dit rien. Il a l'air de celui qui cherche des ennuis.

Je l'observe attentivement. Il souffle, il a l'air rageur… On se demande ce qu'il a. Il a tout : un papa, une maman, une chambre, des jouets. On dirait qu'il cherche quelque chose, une bêtise à faire, peut-être. Il plonge une main dans ses cartons puis en sort un feutre noir. Il grimpe sur son lit et écrit sur les murs tous les gros mots de la terre. Après, il barbouille, barbouille et barbouille encore. Cette fois, c'est moi qui rage ! Sur les murs de ma maison, il fait n'importe quoi. Ensuite, il lance le feutre par terre et se met à sauter sur le lit, de plus en plus haut, en criant. Deux secondes après, il passe à travers le lit. On s'y attendait, non ?

Il ne pleure pas, il crie de rage. Holala ! Voilà un petit bout de bonhomme et un gros morceau de caractère !

Malgré le lit cassé, il n'est pas calmé. Pas du tout ! Il se dirige vers la fenêtre. Il l'ouvre. Il ramasse l'un des cartons de jouets et en vide le contenu dans la rue : le camion de pompier, le vaisseau de pirate, le train électrique, les bons-hommes, les toutous… Tout y passe. Il est fou ou quoi ? Une fois les boîtes vidées, il les déchire et se débarrasse de chaque morceau de carton en le lançant le plus loin possible dehors, par-dessus bord. Je monte sur le rebord de la fenêtre et j'aperçois le désastre : le trottoir est déguisé en poubelle.

Le froid s'engouffre dans sa chambre. Il réfléchit. Cela ne lui suffit pas. Moi, j'ai l'impression qu'il cherche vraiment les ennuis. Vous avez déjà fait autant de bêtises en si peu de temps ?

— Xavier ! Xavier ! appelle sa mère.

— …

La voix s'approche de la chambre. Xavier se cache dans la garde-robe. Sa mère entre. Elle s'arrête et reste muette devant le furieux désordre. « Tout est déjà à l'envers, c'est bien la chambre de Xavier », murmure-t-elle en soupirant.

— Xavier, mon chou, ça va ? Où es-tu ?

Elle tourne la tête dans tous les sens : pas de chou ni de Xavier, mais beaucoup de traces. A-t-elle remarqué le lit cassé et le mur ?

En remarquant la fenêtre ouverte, son visage devient pâle. Elle se précipite pour regarder. Elle a peur de l'apercevoir sur le trottoir, étalé comme une crêpe. Elle est livide. Ouf… Dehors, il n'y a que le contenu des cartons. J'ai envie de la rassurer : son chou n'est pas loin. Il est derrière la porte de la garde-robe. Bien sûr, cette fois, il ne crie pas.

— Xavier, mon chou, tu réponds à maman ? dit-elle avec une voix affolée.

J'ouvre la porte de la garde-robe pour que sa mère aperçoive son chou. Elle regarde : pas de chou ni de joujou, et encore moins de hibou. Personne.

Elle crie :

— Xavier ! Xavier !

Il exagère. Ce n'est plus une farce. Je
pénètre dans la garde-robe : le chou est accroché au plafond. Trois chatouilles et il tombe
par terre en éclatant de rire.

— Ce n'est pas drôle, Xavier, j'ai vraiment
eu peur, lui dit-elle.

Elle se précipite vers lui et le prend dans ses
bras. On dirait qu'elle le console. Ça, je n'avais
jamais vu ça. C'est lui qui fait les bêtises et c'est
lui qui est consolé. C'est comme ça chez vous ?

Et lui, que fait-il ? Il rit encore. Il se moque.
Il trouve ça vraiment drôle de voir le visage de
sa mère.

Qu'est-ce qu'il a, ce Xavier ?

Un autre jour, il rentre dans sa chambre en
claquant la porte ; il est fâché, comme d'habitude. Ah oui, je n'ai pas encore dit qu'il est toujours, toujours de mauvaise humeur. Non,
non, non, je n'exagère pas. Depuis qu'il habite
chez moi, il ne parle pas : il crie. Il ne chante

pas : il hurle. Il ne pleure pas : il hurle encore de plus belle. Cela vous surprend ?

Donc, comme je disais, il se met à frapper de toutes ses forces sur sa porte. Qu'il soit fâché, passe encore, mais qu'il casse la maison, non : il ne faut pas exagérer. Il est temps que je m'occupe de lui. S'il n'écoute personne chez lui, je n'y peux rien, mais avec moi… ce ne sera pas pareil.

J'ouvre et je referme immédiatement la porte sur laquelle il tape. Il est tellement étonné qu'il arrête instantanément. Il cherche si quelqu'un est derrière la porte : il ne voit rien. Il recommence. Moi aussi. Mais cette fois, je maintiens la porte grande ouverte et, malgré ses efforts, il ne peut pas la refermer. J'ai la force de ma colère. Il rentre et il sort de sa chambre en examinant attentivement la porte. À l'expression de son visage, je sais qu'il a peur. Il ne comprend vraiment pas. Il réfléchit, ou plutôt, il pense à la prochaine bêtise. Mais cette fois, il pense aux moyens qu'il va trouver pour fermer sa chambre. Sur la pointe des pieds, il se dirige vers cette satanée porte qui devient l'héroïne d'un combat. Il pose sa main sur la poignée et tire. Rien ne bouge. Il est impressionné. Pour une fois, un élément lui tient tête. Penaud, il va s'asseoir sur son lit. Bien sûr, je profite de cet instant pour pousser délicatement la porte. Stupeur et tremblements. Il a chaud, il a peur. Ne me dites pas que j'exagère, ça le calme et Alphonsine n'en saura rien !

C'est drôle, ce soir-là, il a été tout calme et presque agréable.

N'imaginez tout de même pas qu'il a changé. Mais, dans sa chambre, il fait au moins attention à la porte.

Sans frère ni sœur, la soirée est longue pour lui. À peine retourné dans sa chambre, il se dirige vers sa prochaine grosse bêtise. Il trouve un marteau et se demande où frapper. Il examine le mur qui le tente énormément. Finalement, il lâche son outil pour prendre un crayon bleu : il recommence à barbouiller sur le mur à côté des mots qu'il avait écrits le jour de son arrivée.

Ça ne me plaît pas. Je prends une gomme et un crayon rouge. Je commence par effacer certains traits sur le mur, puis j'en dessine d'autres. Quand il voit son dessin se transformer petit à petit, son visage s'illumine. Il prend ses crayons et me répond avec toutes les couleurs.

Nous avons créé des palais, des pays, des animaux, des trésors, des rois, des matadors. Ensemble, sans rien dire, nous avons dessiné, effacé, recommencé. Nous avons inventé toute une vie pendant des heures et des jours.

10

Excusez-moi, j'étais si occupé que j'ai oublié de me présenter. Mon nom : Hubert-Léonard. C'est ainsi que mes parents m'ont appelé dès qu'ils m'ont aperçu la première fois. À chacun son nom. Oui, ils m'ont donné deux prénoms, et je ne sais pas pourquoi. C'est une habitude, dans la famille. Mes frères s'appellent Léonard-Arthur, Léonard-

Hubert, Léonard-Léonard, Émile-Léonard, Émile-Arthur, Émile-Hubert.

C'est comme ça.

Dans ma famille, ils sont tous arrivés avant moi. Aussi bien mes parents que mes six frères. Mon âge? Je n'en ai pas. Chez nous, on naît pour toute la vie et l'on ne fête pas les anniversaires, alors je n'ai jamais compté.

Ma taille? Certains me trouvent grand, d'autres moins. Je mesure la taille du pouce de votre main gauche.

Mon poids? Ça dépend de mon humeur. Vous avez sûrement remarqué. Joyeux, je suis léger comme une plume. Mais attention: fâché, je suis aussi lourd qu'un boulet de canon.

Ma force? Encore une fois, ça dépend. Si j'aime, je suis doux comme un agneau; si j'aime moins ou si je suis fâché, je peux être fort comme du piment.

Ah oui, il faut dire aussi que je suis partout. Aussi bien au sol qu'au plafond. Mes pirouettes, je peux les faire sur les murs ou sur le bord du balcon, sur une poignée de porte ou sous la douche. Ni le froid, ni la chaleur, ni la pluie, ni le soleil ne me gênent, mais je ne supporte pas le vent.

Et ce que j'aime ? Ma maison et ses locataires.

— Lechat, pousse-toi, pour une fois que je parle de moi.

Attendez, je m'occupe de lui deux minutes et je reviens avec vous. Il me reste quelque chose d'important à vous confier.

Maintenant qu'il est parti, je peux vous le dire. Je suis invisible. Ouvrez bien vos oreilles pour m'apercevoir.

Table des matières

MISE EN PAGES ET TYPOGRAPHIE :
LES ÉDITIONS DU BORÉAL

ACHEVÉ D'IMPRIMER EN SEPTEMBRE 2005
SUR LES PRESSES DE L'IMPRIMERIE MÉTROLITHO
À SHERBROOKE (QUÉBEC).